春江花月夜

［唐］张若虚 著
王飞镜 注译/导读
张姝钰 绘

人民邮电出版社
北京

图书在版编目（CIP）数据

春江花月夜 /（唐）张若虚著；张姝钰绘 . -- 北京：
人民邮电出版社，2025. -- ISBN 978-7-115-66791-5
Ⅰ . I207.22
中国国家版本馆 CIP 数据核字第 2025SG7141 号

著　　　　[唐] 张若虚
绘　　　　张姝钰
责任编辑　赵　迟
责任印制　陈　犇

人民邮电出版社出版发行　北京市丰台区成寿寺路 11 号
邮编　100164　电子邮件　315@ptpress.com.cn
网址　https://www.ptpress.com.cn
北京启航东方印刷有限公司印刷

开本：720×1000　1/16
印张：6　　　　2025 年 7 月第 1 版
字数：73 千字　　2025 年 8 月北京第 3 次印刷

定价：79.80 元
读者服务热线：（010）81055410　印装质量热线：（010）81055316
反盗版热线：（010）81055315

《春江花月夜》是唐代诗人张若虚所作的一首七言长诗，今人可见最早版本载于宋代郭茂倩所编《乐府诗集》卷四十七。这首诗的诗体是乐府。乐府在当时都可以配乐演唱，然而本诗并未按《春江花月夜》的曲调原调写作，而是借题意自行发挥。

这首诗在唐、宋、元并没有受到重视，明清时期被许多诗歌选本选录，得到诸多评赏，始蔚然风行，风靡至今。民国时期闻一多先生更誉其为『诗中的诗，顶峰上的顶峰』。《春江花月夜》的艺术造诣极高，体制回环宛转，四句换韵，一唱三叹，意境空灵，诗意晓畅，深受人们喜爱。其中蕴藏的时空之感、生命意识与宇宙意识更令人于千载之外同情共鸣。

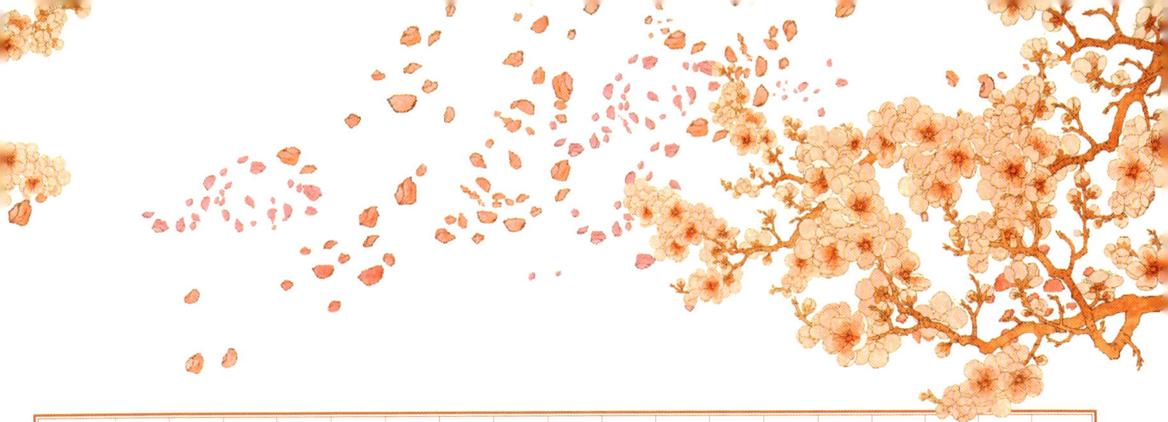

春江花月夜

〔唐〕张若虚

春江潮水连海平，海上明月共潮生。
滟滟随波千万里，何处春江无月明。
江流宛转绕芳甸，月照花林皆似霰。
空里流霜不觉飞，汀上白沙看不见。
江天一色无纤尘，皎皎空中孤月轮。
江畔何人初见月？江月何年初照人？
人生代代无穷已，江月年年只相似。
不知江月待何人，但见长江送流水。
白云一片去悠悠，青枫浦上不胜愁。
谁家今夜扁舟子？何处相思明月楼？
可怜楼上月徘徊，应照离人妆镜台。
玉户帘中卷不去，捣衣砧上拂还来。
此时相望不相闻，愿逐月华流照君。
鸿雁长飞光不度，鱼龙潜跃水成文。
昨夜闲潭梦落花，可怜春半不还家。
江水流春去欲尽，江潭落月复西斜。
斜月沉沉藏海雾，碣石潇湘无限路。
不知乘月几人归，落月摇情满江树。

春江潮水连海平，
海上明月共潮生。
滟滟随波千万里，
何处春江无月明。

春江潮水连海平，

海：海在唐诗中多指江、河、川、湖，这里的海指春江。极目远眺可见的江面，可以认为是海平线。

春江潮涌，与天际尽头的海平线平齐。

春江潮水连海平，
海上明月共潮生。
滟滟随波千万里，
何处春江无月明。

海上明月共潮生。

海上：月亮从海平线升起，在水边望去，就好像从浪潮中涌出一样。

江面之上，升起一轮明月，好像从浪潮中涌出。

春江潮水连海平，
海上明月共潮生。
滟滟随波千万里，
何处春江无月明。

滟（yàn）滟随波千万里，

滟滟：月光洒在水面上，波光粼粼的样子。

江面波光粼粼，月光随江流波动着，直至千万里之外。

春江潮水连海平，
海上明月共潮生。
滟滟随波千万里，
何处春江无月明。

何处春江无月明。

万里春江，无处不沐浴在月光之下。

江流宛转绕芳甸，
月照花林皆似霰。
空里流霜不觉飞，
汀上白沙看不见。

江流宛转绕芳甸，

宛转：形容江水曲折的样子。

芳甸：长满花树的田地。芳形容春天的花草树木，甸指田地、田野。

江流曲折宛转，绕经一片长满花草树木的田地。

江流宛转绕芳甸，
月照花林皆似霰。
空里流霜不觉飞，
汀上白沙看不见。

月照花林皆似霰（xiàn）。

花林：开满花的树林。

霰：降雪的一种形态，米粒大小的小冰粒。

月光照耀下的满林春花，好像撒上了一层蒙蒙细雪。

江流宛转绕芳甸，
月照花林皆似霰。
空里流霜不觉飞，
汀上白沙看不见。

空里流霜不觉飞，

流霜：指月光，也称飞霜。霜不会流动，是空中月光如流霜。

不觉：感觉不到。不觉飞，即飞不觉，明明看见了霜在流动，却不觉寒冷，原来流动的是月光。

月光影影绰绰，眼见空中飞霜流转，身却不觉寒霜飞过。

江流宛转绕芳甸，
月照花林皆似霰。
空里流霜不觉飞，
汀上白沙看不见。

汀（tīng）上白沙看不见。

汀：水边平地或小洲。

看不见：只见沙面银白一片的月光，而不见沙粒。

月光照在江畔浅滩，沙滩上铺满银白的月光，却看不到粒粒白沙。

江天一色无纤尘，
皎皎空中孤月轮。
江畔何人初见月？
江月何年初照人？

江天一色无纤尘，

纤尘：微小的尘埃。

江天相接，浑然一色，空明透亮，眼中所见没有丝毫尘埃。

江天一色无纤尘，
皎皎空中孤月轮。
江畔何人初见月？
江月何年初照人？

皎皎空中孤月轮。

皎皎：形容很白很亮。
孤：只有。这里形容空中只有月亮，亦是尘世间只有诗人自己。
月轮：如轮的月。

独独只有空中那一轮皎洁的明月。

江天一色无纤尘，
皎皎空中孤月轮。
江畔何人初见月？
江月何年初照人？

江畔何人初见月？

江畔：江边。

在江畔，当初是谁初次见到这轮月亮？

江天一色无纤尘，
皎皎空中孤月轮。
江畔何人初见月？
江月何年初照人？

江月何年初照人？

初：初次，第一次。

江上的明月，又是在哪一年初次照临人间？

人生代代无穷已，
江月年年只相似。
不知江月待何人，
但见长江送流水。

人生代代无穷已，

穷已：穷尽。无穷已，即没有穷尽，无穷无尽。

人代代相传，生生不息。

人生代代无穷已，
江月年年只相似。
不知江月待何人，
但见长江送流水。

江月年年只相似。

只：在不同版本中为『望』。

一年又一年，江边的月亮一直这样朗照着。

人生代代无穷已，
江月年年只相似。
不知江月待何人，
但见长江送流水。

不知江月待何人，

不知道江边的月亮在等待着谁。

人生代代无穷已，
江月年年只相似。
不知江月待何人，
但见长江送流水。

但见长江送流水。

长江：长长的江，非如今特指的长江。

只看到江水汤汤，流而不返。

白云一片去悠悠，
青枫浦上不胜愁。
谁家今夜扁舟子？
何处相思明月楼？

白云一片去悠悠，

白云：指天上的白云，白云远去亦象征游子离家。
悠悠：长久，遥远。

一片白云慢慢飘到远方。

白云一片去悠悠，
青枫浦上不胜愁。
谁家今夜扁舟子？
何处相思明月楼？

青枫浦上不胜愁。

青枫浦：一说为地名，又称为双枫浦，位于湖南省浏阳市南，也指长满枫林的水边，在诗中常用来形容送别的场景、处所。

不胜：禁受不住，不堪忍受。

长满青枫的江边，无边的愁绪蔓延开来。

白云一片去悠悠，
青枫浦上不胜愁。
谁家今夜扁舟子？
何处相思明月楼？

谁家今夜扁（piān）舟子？

扁舟子：乘扁舟离家的人，指漂泊异乡的游子。

今夜是谁家的游子乘着扁舟在异乡漂泊？

白云一片去悠悠，
青枫浦上不胜愁。
谁家今夜扁舟子？
何处相思明月楼？

何处相思明月楼？

明月楼：明月映照下的楼阁，是思妇所居之所。

明月之下，哪座阁楼上的妇人在望月寄托相思？

可怜楼上月徘徊，
应照离人妆镜台。
玉户帘中卷不去，
捣衣砧上拂还来。

可怜楼上月徘徊，

可怜：怜爱，怜惜。

徘徊：在一个地方走来走去。月徘徊，可以理解为浮云游动，月光明灭不定，亦可理解为思妇在楼上徘徊，月光久久照在她身上。

明月应当也怜爱她，在楼上徘徊不忍离去。

可怜楼上月徘徊，
应照离人妆镜台。
玉户帘中卷不去，
捣衣砧上拂还来。

应照离人妆镜台。

离人：与夫君分离的人，游子离家后独守空闺的思妇。

月光照着独守空闺的思妇梳妆的镜台。

可怜楼上月徘徊，
应照离人妆镜台。
玉户帘中卷不去，
捣衣砧上拂还来。

玉户帘中卷不去，

玉户：玉为美称，户为门、窗，也指居室。这里指思妇的闺房。

月光照在窗帘上，把窗帘卷起，却卷不走这月光。

可怜楼上月徘徊，
应照离人妆镜台。
玉户帘中卷不去，
捣衣砧上拂还来。

捣衣砧（zhēn）上拂还来。

捣衣砧：捶打衣服的石板。捣衣是制作衣服的一道程序，人们通过捶打使布料柔软，便于缝制。唐诗中的『捣衣』一般指捣寒衣，妇人在秋季制作游子离家时穿着的寒衣，通过捶捣使麻布与棉絮粘连贴合，从而更加保暖。李白的名句『长安一片月，万户捣衣声』描绘的便是秋夜捣衣的场景。

月光照在捣衣的石板上，欲将它拂去，它却还在那里。

此时相望不相闻，
愿逐月华流照君。
鸿雁长飞光不度，
鱼龙潜跃水成文。

此时相望不相闻，

相望：相互看见，指共同望着明月，互相思念。
相闻：相互听见，指音讯联络或面对面交谈。

此时，游子和思妇望着同一轮明月，彼此思念，这份思念却无法传递。

此时相望不相闻，
愿逐月华流照君。
鸿雁长飞光不度，
鱼龙潜跃水成文。

愿逐月华流照君。

逐：跟随，追随。
流照：流动的光辉照耀，一般用来形容月光。

希望月光照着你的时候，把我的思念也带去。

此时相望不相闻，
愿逐月华流照君。
鸿雁长飞光不度，
鱼龙潜跃水成文。

鸿雁长飞光不度，

鸿雁：传信的信使，有『鸿雁传书』之说。
光不度：不能随月光飞度。

鸿雁在长空飞行，却不能随月光飞度到你身边。

此时相望不相闻，
愿逐月华流照君。
鸿雁长飞光不度，
鱼龙潜跃水成文。

鱼龙潜跃水成文。

鱼龙：泛指水族，有『鱼传尺素』之说。与鸿雁一样，鱼也是传信的信使。
文：通『纹』，指水面上的波纹。

鱼龙在水中或潜或跃，只见水面的波纹，亦不能传信给你。

昨夜闲潭梦落花，
可怜春半不还家。
江水流春去欲尽，
江潭落月复西斜。

昨夜闲潭梦落花，

闲潭：寂静的水潭。

昨夜，梦到寂静的潭水上花瓣片片凋落。

昨夜闲潭梦落花，
可怜春半不还家。
江水流春去欲尽，
江潭落月复西斜。

可怜春半不还家。

可怜：可惜，遗憾。

春天已经过半了，可惜远行的游子还没能归家。

昨夜闲潭梦落花，
可怜春半不还家。
江水流春去欲尽，
江潭落月复西斜。

江水流春去欲尽，

欲：快要，将要。

江水日夜不停地流淌，春天将要随之消失殆尽。

昨夜闲潭梦落花，
可怜春半不还家。
江水流春去欲尽，
江潭落月复西斜。

江潭落月复西斜。

复：又，再。这里指月亮日复一日地西斜。

江潭之上的明月又一次向西方沉落。

斜月沉沉藏海雾，
碣石潇湘无限路。
不知乘月几人归，
落月摇情满江树。

斜月沉沉藏海雾，

沉沉：形容月光暗淡、幽深。

西斜的明月逐渐沉落，隐入江上的浓雾之中。

斜月沉沉藏海雾，
碣石潇湘无限路。
不知乘月几人归，
落月摇情满江树。

碣(jié)石潇湘无限路。

碣石：山名，在今河北，曹操有诗句『东临碣石，以观沧海』。这里指东北之地，又喻远走建功立业的游子。

潇湘：水名，在今湖南，这里指西南之地。舜的妻子娥皇、女英因思念舜在湘水洒泪并坠江而死，死后成为湘妃，潇湘亦成为女子思念夫君的象征。这里又喻家乡独守空闺的思妇。

东海的碣石与西南的潇湘之间，隔了无穷无尽的路途。

斜月沉沉藏海雾，
碣石潇湘无限路。
不知乘月几人归，
落月摇情满江树。

不知乘月几人归，

乘月：借着月光，趁着月色。

不知道能有几人乘着月色归家。

斜月沉沉藏海雾，
碣石潇湘无限路。
不知乘月几人归，
落月摇情满江树。

落月摇情满江树。

落月：沉落西山的月。
摇情：拨动人的情绪。

落月的余辉拨动着人摇荡不安的情思，洒在江边的树上。

导读

本诗主题为春江花月夜。春蕴藏生机，是四季轮转周而复始中的新生；春江滔滔不绝，长流万里；花开短暂易逝，但“年年岁岁花相似”；月为恒常之物，遍照古今四海，映满人间悲喜。一切神秘与哀愁统摄在月夜之下。全诗围绕春、江、花、月、夜五字撰成，营造出瑰丽神秘、炫人眼目的春江夜景与莹彻玲珑、不可凑泊的诗境。阅读本诗，是一场对千载宇宙、万里江山、时空与爱情淋漓尽致的体悟。

诗人起笔就是浩荡的春江。“春江潮水连海平”，春潮水涨本是平常之景，诗人则写“连海平”，潮水翻涌，简直涌到天上去，淹没了天际尽头的海平线，何等气象，何其辽远！与“江间波浪兼天涌”（杜甫）有异曲同工之妙。有学者曾统计，全唐诗里的海只有寥寥几个实写海，而大多指江河湖。这里的海，是眼前的春江，是观念上、想象中的海。诗人并非在海边，也不是在江流直下的入海口，而是在宛转曲折、长满芳树的江畔，看着远处的江面，而那极力张目所不及的苍茫之处，就称作“海”。随着视线从近在眼前的潮水移动到远方的天际，只见江天之上，一轮明月冉冉升起，好像是潮水把她含吐出的。“明月共潮生”不只生动描绘出诗人眼见之景，更是一种对自然现象的哲思。其实潮汐本就是月球引力带来的，东汉王充《论衡》已记载“涛之起也，随月盛衰”。在这春江之畔，听着潮涌，凝望明月，诗人敏锐地察觉到了明月升起与潮起有密不可分的关系。首联两句已把春江月夜勾勒出来。“滟滟随波千万里”，在这广阔无垠的空间，江水延伸到天地尽头，明月流波，无尽的江流平等地沐浴在月光之下。诗人不说春江处处月明，而反问“何处春江无月明？”普天之下，眼前或是远方，哪有月光照不到的地方呢？这样的反问由眼前的春江扩大到无限远的思域。当月亮升起时，世上所有的江水都闪动着月光的美。一轮明月映照在千江万水上，那种神秘，那种朦胧，可以引导诸般幻梦。

下一句“芳甸”“花林”带出了春江花月夜的最后一位主角“花”。诗人没有从细处落笔，而是大笔涂抹，在茫茫银白中挥扫出花的气质。月光照耀下，天地一片洁白宁静，江流蜿蜒，流经之处忽见开满花的芳洲，两岸成林的花在月光下熠熠生辉。那种明亮晶莹难以形容，只能说就像洒满霜霰的时候所能折射出的光。这联花月相映已经让人感受到月光的存在，下联继续摹写月光的明澈。月光该怎么描摹呢？作者被春夜明月炫到眼目，目眩神迷、眼花缭乱之时，看到空气里流动着飞霜，看到汀洲之上一片白茫茫，进入一种似幻非真的空灵境界。春夜不会有霜，霜也不会流动，是空里月光如流霜。江边的沙滩本不是白色的，是月光把它照成了白色，只可见沙面上银白一片的月光，而不见粒粒沙尘。月光无形，无法实写，诗人却借别的物态将其神韵摹写到极致。

“江天一色无纤尘”，江天之间唯有银白皎洁，月光照见之地，万物都被夺去本身的色彩，染上月色。一色月光之中，谁都只能定睛于那一轮透亮夺目的银白巨轮。“孤”字，是说苍茫一片中唯有月轮孤自高悬，像孤君主宰了这浩浩天地，更是写诗人的内心，孤独者不是月，是与月对望的自己。诗人独对悠悠天地空茫宇宙，想见古今之人，难道只有我见到了这轮月吗？在时空的交汇点上，前望古人，后视来者，发出了震古烁今的感慨之辞。“江畔何人初见月？江月何年初照人？”在寥廓宁静的江天月色下，在永恒与瞬时交错的冲击中，一切纷繁的思绪都被过滤，只余下一种伟大的孤独感。时间也如同江水，向上游回望，可曾有人如我一般此时此刻面对此情此景？明月光照万万年，必定有万万年的孤独，对万万人的叹息。诗人必然明白，仍如此发问，引人同思，把读者也带入无法穷尽恒河沙数的震撼中，如同在你我脑中击磬带来心头巨响。“人生代代无穷已，江月年年只相似。不知江月待何人，但见长江送流水。”人生短促，譬如朝露，譬如幻电。明月永悬，江流不尽，是为恒常。在人生一瞬中感知宇宙恒常，“作者只有错愕，没有憧憬，没有悲伤。”（闻一多）人在此时早已失去七情六欲，这种情愫是一种无悲无喜的怅惘，哀而不伤，李泽厚形容它是“少年时代在初次人生展望中所感到的那种轻烟般的莫名惆怅和哀愁”，是“走向成熟期的青少年时代对人生、宇宙的初醒觉的‘自我意识’”。

早在先秦，屈原《远游》就已有这样的人生古今之问：“惟天地之无穷兮，哀人生之长勤。往者弗余及兮，来者吾不闻。”汉乐府中有“人生天地间，忽如远行客”“人生寄一世，奄忽若飙尘”。与《春江花月夜》同时代，刘希夷（651—680）写下“年年岁岁花相似，岁岁年年人不同。”陈子昂（659—700）吟出“前不见古人，后不见来者，念天地之悠悠，独怆然而涕下。”不同时代的诗人诉说着同一种感悟，但汉诗以天地时空不待我的悲慨为胜，初唐诗则注入了更多的个人意识，人在广袤宇宙、无垠时空中成为主体。“往古来今谓之宙，四方上下谓之宇”（《淮南子》），诗中贯通古往今来、勾连四方上下的情思，无愧于闻一多先生的评价——“更迥绝的宇宙意识！”呈现了苍凉、宏大的时空感、历史感，亦隐含着抒情者深深的孤独。

回到“人生代代无穷已，江月年年只相似。”一个人能看到多少次江心之月升起？能看到多少次花开？这样的时光能有多少年？一个人的生命有终始，是短暂的，而人作为整体是无穷无尽、没有终结的，“子又有子，子又有孙。子子孙孙，无穷匮也。”（《列子·汤问》）人代代相传，江天之下永远有人会在江畔抬头望月，就像千万年来无数的先人一样。他们各有各的心事，各有各的人生，却望着同一轮明月。诗中抒情的主体“我”与阅读这首诗的我们，便隔着时间的长河彼此遥望。这两句把时间线拉到无比久远的过去，又延伸到无有穷尽的未来。在无比久远的过去与无有穷尽的未来之间，我们渺小如尘埃。代代有人在江畔沉吟与欢歌，江月从不为此动容变貌。你若问江月在等待着具体的哪个人，我们无从得知，只看到月始终照着春江，春江自顾自向前流淌。江月无情！但从另一个角度看，当我们与这片清辉相遇，便可以一厢情愿地认为自己就是它等待的人，江月见证了每个人的心事。它温柔的清辉洒向千万年间的每一个人，这就是它的回答。江月无言，江月有情。

“但见长江送流水。”一句把宏大的宇宙人生之问落回了实处，从广袤的时间回到穹宇之下，聚焦于一条无首无尾的长江。

随着江水奔流不返，诗情也随之推向高潮。已经无法更宏大、更深邃了。诗人笔锋一转，韵脚一换，去写一片小小的白云。

“白云一片去悠悠”，写天上白云慢慢地飘往远方，亦牵系着地上游子离家的行踪。青枫浦是分别之地，“浦”向来是离别的意象。江淹《别赋》有名句“春草碧色，春水渌波，送君南浦，伤如之何。”后诗人多以别浦表离愁。分别在青枫浦边，一方乘舟远去，一方在原地被离情别绪淹没。从这两句诗开始，诗人从抽象的人生感受转而去写具体的人生，但并非确指某一个人，而是这个时代有这样的人，他们如此生活着，写的是天涯游子共同的感受。

继而以两个问句将这种感受延伸。“谁家今夜扁舟子？何处相思明月楼？”诗人不写一家、一处，而是问“谁家”“何处”，意思是家家游子在江湖漂泊，处处楼阁上有妇人相思。是诗人自己生出了哀愁，由一处推及而去，如此美丽梦幻的明月夜，江湖满地有幽愁暗恨生。接下来的八句写月光照着思妇的种种情思。“可怜楼上月徘徊，应照离人妆镜台。”两句赋予无情的月光以有情。诗人不写思妇在楼上徘徊，坐立难安，而是将月光拟人化，写月光怜爱她，徘徊不去。“徘徊”二字极妙，既描绘出月华明灭、光影浮动之感，又道出思妇久久伫立、独守空闺的怅惘。“妆镜台”是闺怨诗写闺怨的常见物象。当年新婚时，丈夫曾在镜前为她描眉，镜中映出二人的笑靥。举案齐眉、琴瑟和鸣的欢乐已成昨日，此时的妆镜台前只有思妇一人，形单影只，只能与月光为伴。她看这月光恼人，想要将它赶走，可是哪里都有月光。独坐窗边，窗帘上洒满月光；曾为丈夫捣衣的石砧上，寒衣不在，人在天涯，唯余月光。古代，寒衣是连接游子和思妇的重要物品。冬天到来之前，妇人要为即将离家的丈夫准备御寒的衣物。“玉户帘中卷不去，捣衣砧上拂还来。”卷也卷不去，拂也拂不走。一卷一拂间，思妇羞恼的神态跃然纸上，情态毕现。这四句诗化用了曹植的《七哀》：“明月照高楼，流光正徘徊。上有愁思妇，悲叹有余哀。”而此处张若虚写得更细腻，思妇的形象塑造得更加丰满立体，所生的哀愁也更加缠绵悱恻。“此时相望”，此时两人望着月亮彼此思念，“不相闻”，听不到对方低声的絮语，看不到对方盈泪的眼睫，多么想此时能有机会尽情倾诉思念啊！于是将祈盼寄予月光，“愿逐月华流照君”，多希望能追随月光，月光朗照你时，我也能降临你身边，与你执手相看，倾诉衷肠。可是，“鸿雁长飞光不度，鱼龙潜跃水成文。”抬眼望寥廓的长空，鸿雁也不能随月光飞度到你身边；远望与天相接的江水，鱼龙翻涌腾跃，却只见江面波纹阵阵，它们亦不可跃至你的面前。雁和鱼是古人写传递音讯尤其是相思之情的物象，很多时候用来表达音书断绝、传情不能的惆怅。如“鸿雁在云鱼在水。惆怅此情难寄。”（《清平乐·红笺小字》晏殊）“玉京缥缈，雁鱼耗绝。”（《蕙兰芳引·秋思》张玉娘）这两句说雁、鱼未能传递思念，其逻辑是能看到鸿雁在长空飞行，说明鸿雁尚在眼前，未曾飞度到另一个空间；能看到鱼跃后水面的波纹，说明鱼尚在近处，未能跃至所思之人所在的遥不可及的远方。而诗人此处也并非实写，而是传达一种相思欲绝的情绪：在雁鱼都无法传情的时候，不能“长飞”、不可“潜跃”的思妇又如何能痴想“逐月华流照君”呢？不过是情到深处的痴人说梦罢了。正是这样不可实现的愿想与雁、鱼两个物象，把思妇的相思之深落到实处。

接着视角转到游子那里。诗人不直接写游子，而是写游子的梦；游子的梦中不是所思之妇人，而是落花。“昨夜闲潭梦落花，可怜春半不还家。”昨夜梦回故里，眼前是空山寂静之处的水潭，潭上一片一片的花瓣凋落。落花仿佛是慢放的动作，不是大风吹过落花纷纷，而是寂然无声地、一片一片地落下。那是一种只有在春天才有的无法言说的忧郁，尚处在盛时，已有几微的寂败之势，这种趋势无可挽回，游子只能眼睁睁地看着一切，走向固然的命运之终结。花的凋落是寂然无声、不可往复的，人的青春也在无端的、难以言说的怅惘中逝去。拥有青春和对青春有所觉察的状态不会同时存在，人在青春正盛时不会有“盛年不重来”“劝君莫惜金缕衣，劝君惜取少年时”的慨叹，只有在青春即将逝去时，才会蓦然产生“可怜春半”的想法。可惜，春天不知什么时候已经过半了，我的青春去了哪里？这漂泊的旅程究竟要到几时才能结束？“江水流春去欲尽”，怪江水日夜不尽地东流，把春天流尽了。江水的流动是有形的实体，时光的流逝是无形的感受，将春天系于江流，江水流动的时候时光也在流动，江流不尽，春去欲尽，青春将尽。“江潭落月复西斜”，今夜悬在天下所有春江之上的、照着天下所有游子和思妇的月亮，渐渐地向西方沉落。所谓“复西斜”指又一次西斜，月亮的一次起落，是比春天更短促的时光尺度。月又落，夜将尽，在月夜夜重复的西斜中，时光流走，复又带来青春将尽的感受。“这是少年的忧虑，不是被压迫的焦虑，而是对生命的珍惜。”（骆玉明）

这四句闲潭落花之花，江水流春之春江，落月西斜之月夜，回到主题“春江花月夜”，本诗进入尾声。

“斜月沉沉藏海雾”，月沉沉地隐入江上的浓雾，天地间月亮带来的光明不再，千万里江面的滟滟波光不再，玉户与镜台上流转不定的光影不再，取而代之的是晦暗浑茫的一片浓雾。这晦暗的海雾，也掩藏着“碣石潇湘无限路”，是游子昨夜梦中归不去的路，是思妇“逐月华流照君”寻不得的路，是东北的碣石与西南的潇湘之间山迢迢、水迢迢，无限无尽的路。江上不复是江，不复是雾，变成了日思夜想却找不到的路，只是那路依然不见于眼前。“沉”是月之沉落，也是心绪之沉闷；“无限”是路之遥远，亦是思念无边。“不知乘月几人归，落月摇情满江树。”在无限的怅惘中，由一人推及世间众人，同此月色之下，天涯碣石处，有多少游子深悲？潇湘春闺里，有多少离人垂泪？月色依稀，海天杳渺，今古茫茫，梦魂难系，相思万里，一切千端万绪含蕴于如梦如幻的落月余晖中，尽向江边之树倾洒。余情袅袅，摇曳于春江花月之下。“摇”动的是月光，是江树，是诗中人的情绪，更是诗外的我们为诗所感的心神。

全篇诗意连贯，没有断续，转折自在，神思悠然。像一个悠长的长镜头，次第聚焦于春江、月、花、月下之人，随着月“共潮生”，渐渐悬于中天，又“复西斜”，最终“藏海雾”，诗情也随之起伏。当诗人落笔写下“江天一色无纤尘，皎皎空中孤月轮。江畔何人初见月？江月何年初照人？人生代代无穷已，江月年年只相似。不知江月待何人，但见长江送流水”，月在天顶，诗情也达到顶峰，虽则迷惘，亦是高唱。把自然美景、自然规律、人生感悟与对宇宙的哲思，尽兴抒写。又于其中生发出一对小儿女的爱情，蔓延到对天下有情人的同情，以及游子久客思家之意、思妇闺中怅望之情，凡此种种，统摄在春江花月夜之下，“汇成一种情、景、理水乳交融的幽美而邈远的意境”（《唐诗鉴赏辞典》吴翠芬）。春、江、花、月、夜五种意象，如五色的丝线织成一片奇锦，浑然一体，别无人工的痕迹。

本诗的韵律也极具特点，每四句换韵，一共九韵，意随韵转，在意脉接续与转换间带来一种音乐美。它并非急促的，而是萦纡的，充分发挥了七言诗委婉曼妙的长处。使用的韵部平声韵和仄声韵交错，带来一唱三叹、回环往复之效果。又多用重叠词，如“滟滟随波千万里”“皎皎空中孤月轮”“斜月沉沉藏海雾”，双声词如“潇湘”，叠韵词如“徘徊”，诵读起来节奏铿锵，唇齿留韵。如果以音乐作比，我们读这首诗的感受，一定不是繁杂的锣鼓、喧闹的管弦、萧瑟的丝竹，而是八音协奏的和声，流畅谐美。或比作一条江河流动的声音，水声相激，风吹万籁，万籁相应，声情随感情的激昂和缓而起伏。

本诗文字绮丽优美，但不似南朝宫体诗那样雕藻浮艳，没有丝毫矫饰，如“白云一片去悠悠”“不知乘月几人归”，简直是寻常话语，自有丰腴饱满之姿，缠绵蕴藉，风骨自出。本诗也有律化的特点，如“玉户帘中卷不去，捣衣砧上拂还来。”“鸿雁长飞光不度，鱼龙潜跃水成文。”对偶工整，平仄相应，称为“律句”。这是古体诗处于初唐律诗定型过程中，受律诗影响的一种体貌风格。这首诗的体制后来在诗歌史上也被称为“初唐体”。

张若虚和他的《春江花月夜》被誉为初唐诗的顶峰，闻一多更赞赏其为“诗中的诗，顶峰上的顶峰”。这首诗的思想与艺术都超越了齐梁以来的宫体诗，是那么清新、痛快、明亮，连惆怅都是美丽的。它代表一种新的雄浑浩大的文学精神，一扫六朝至隋以至初唐宫体诗淫靡纤弱的面貌，接续卢照邻、骆宾王、刘希夷对宫体诗的改造，他们的视角从狭小细碎的角落转向磅礴浩大的宇宙与人生，迎接着盛唐王、孟、李、杜最强音的到来。“如果刘希夷是卢、骆的狂风暴雨后宁静爽朗的黄昏，张若虚便是风雨后更宁静、更爽朗的月夜。”闻一多先生称它为“宫体诗的自赎”，“替宫体诗赎清了百年的罪”，为盛唐盛世之歌的到来扫清了道路。虽然这首诗在唐宋并未得到与其艺术成就相匹配的传唱，但自明代高棅《唐诗品汇》以来直到今天，《春江花月夜》已家传户诵，在上下五千年浩瀚的诗歌之海中，亦是最独特最美丽的一首。

宫体诗的自赎（节选）

闻一多

如果刘希夷是卢骆的狂风暴雨后宁静爽朗的黄昏，张若虚便是风雨后更宁静更爽朗的月夜。《春江花月夜》本用不着介绍，但我们还是忍不住要谈谈。就宫体诗发展的观点看，这首诗，尤有大谈的必要。

春江潮水连海平，海上明月共潮生。滟滟随波千万里，何处春江无月明！江流宛转绕芳甸，月照花林皆似霰，空里流霜不觉飞，汀上白沙看不见。

在这种诗面前，一切的赞叹是饶舌，几乎是渎亵。它超过了一切的宫体诗有多少路程的距离，读者们自己也知道。我认为用得着一点诠明的倒是下面这几句：

……江畔何人初见月？江月何年初照人？人生代代无穷已，江月年年只相似。不知江月待何人，但见长江送流水！

更迥绝的宇宙意识！一个更深沉，更寥廓，更宁静的境界！在神奇的永恒前面，作者只有错愕，没有憧憬，没有悲伤。从前卢照邻指点出“昔时金阶白玉堂，即今唯见青松在”时，或另一个初唐诗人——寒山子更尖酸的吟着“未必长如此，芙蓉不耐寒”时，那都是站在本体旁边凌视现实。那态度我以为太冷酷，太傲慢，或者如果你愿意，也可以带点狐假虎威的神气。在相反的方向，刘希夷又一味凝视着“以有涯随无涯”的徒劳，而徒劳的为它哀毁着，那又未免太萎靡，太怯懦了。只张若虚这态度不亢不卑，冲融和易才是最纯正的，“有限”与“无限”，“有情”与“无情”——诗人与“永恒”猝然相遇，一见如故，于是谈开了——“江畔何人初见月？江月何年初照人？……江月年年只相似，不知江月待何人？”对每一问题，他得到的仿佛是一个更神秘的更渊默的微笑，他更迷惘了，然而也满足了。于是他又把自己的秘密倾吐给那缄默的对方：

白云一片去悠悠，青枫浦上不胜愁，

因为他想到她了，那“妆镜台”边的“离人”。他分明听见她的叹喟：

此时相望不相闻，愿逐月华流照君！

他说自己很懊悔，这飘荡的生涯究竟到几时为止！

昨夜闲潭梦落花，可怜春半不还家，江水流春去欲尽，江潭落月复西斜！

他在怅惘中，忽然记起飘荡的许不只他一人，对此清景，大概旁人，也只得徒唤奈何罢？

斜月沉沉藏海雾，碣石潇湘无限路，不知乘月几人归，落月摇情满江树！

这里一番神秘而又亲切的，如梦境的晤谈，有的是强烈的宇宙意识，被宇宙意识升华过的纯洁的爱情，又由爱情辐射出来的同情心，这是诗中的诗，顶峰上的顶峰。从这边回头一望；连刘希夷都是过程了，不用说卢照邻和他配角骆宾王，更是过程的过程。至于那一百年间梁陈隋唐四代宫廷所遗下的那份最黑暗的罪孽，有了《春江花月夜》这样一首宫体诗，不也就洗净了吗？向前替宫体诗赎清了百年的罪，因此，向后也就和另一个顶峰陈子昂分工合作，清除了盛唐的路，——张若虚的功绩是无从估计的。

卅年八月二十二日陈家营。

原载《当代评论》第十期

编者注：本篇节选文章尊重闻一多先生的原文，个别字词和标点的用法与现在不同，与本书所选录的诗歌版本也有所不同。

名家点评

明·胡应麟《诗薮》：张若虚《春江花月夜》流畅婉转，出刘希夷《白头翁》上，而世代不可考。详其体制，初唐无疑。

明·王世懋《艺圃撷余》：句句以春江花月妆成一篇好文字。

明·陆时雍《唐诗镜》：微情渺思，多以悬感见奇。

明·唐汝询《唐诗解》：此望月而思家也。言月明而当春水方盛之时，随波万里，靡所不照。霜流沙白，状其光也。因言月之照人，莫辨其始。人有变更，月长皎洁，我不知为谁而输光乎？所见惟江流不返耳。又睹孤云之飞而想今夕，有乘扁舟为客者，有登楼而伤别者，已与室家是也。遂叙闺中怅望之情，久客思家之意。因落月而念归路之遥，恨不能乘月而归，徒对此江树而含情也。

明·钟惺、谭元春《唐诗归》：（钟云）浅浅说去，节节相生，使人伤感，未免有情，自不能读，读不能厌。将“春江花月夜”五字，炼成一片奇光，分合不得，真化工手。（谭云）《春江花月夜》，字字写得有情、有想、有故。

明·李攀龙《唐诗选》：绮回曲折，转入闺思，言愈委婉轻妙，极得趣者。

明·周珽、黄家鼎、汪道昆《唐诗选脉会通评林》：（周珽）语语就题面字翻弄，接笋合缝，铢两皆称。（黄家鼎）五色分光，合成一片奇锦。不是补天手，未免有痕迹。（汪道昆）“白云一片”数语，此等光景非若虚笔力写不到，别有一种奇思。

明·叶羲昂《唐诗直解》：“摇”“满”二字幻而动，读之目不能瞬。

明末清初·王夫之《唐诗评选》：句句翻新，千条一缕，以动古今人心脾，灵愚共感。其自然独绝处，则在顺手积去，宛尔成章，令浅人言格局、言提唱、言关锁者，总无下口分在。

明末清初·毛先舒《诗辩坻》：不着粉泽，自有腴姿，而缠绵蕴藉，一意萦纡，调法出没，令人不测，殆化工之笔哉！

明末清初·吴乔《围炉诗话》：张若虚《春江花月夜》，正意只在“不知乘月几人归”。

清·宋长白《柳亭诗话》：唐人有“春江花月夜”一题，同时张若虚、张子容皆赋之。若虚凡二百五十二言，子容仅三十言，长短各极其妙，增减一字不得，读此可悟相体裁衣之法。

清·王尧衢《古唐诗合解》：此篇是逐解转韵法。凡九解：前二解是起，后二解是收，起则渐渐吐题，收则渐渐结束，中五解是腹。虽其词有连有不连，而意则相生。至于题目五字，环转交错，各自生趣。“春”字四见，“江”字十二见，“花”字只二见。“月”字十五见，“夜”字亦只二见。于“江”则用海、潮、波、流、汀、沙、浦、潭、潇湘、碣石等以为陪，于“月”则用天、空、霰、霜、云、楼、妆台、帘、砧、鱼、雁、海雾等以为映。于代代无穷乘月望月之人之内，摘出扁舟游子、楼上离人两种，以描情事。楼上宜“月”，扁舟在“江”，此两种人于“春江花月夜”最独关情。故知情文相生，各各呈艳，光怪陆离，不可端倪，真奇制也。

清·徐增《而庵说唐诗》：首八句使人火热，此处八句（指“江天一色”以下）又使人冰冷。然不冰冷则不见火热，此才子弄笔跌宕处，不可不知也。“昨夜闲潭梦落花”此下八句是结，前首八句是起。起用出生法，将春、江、花、月逐字吐出；结用消归法，又将春、江、花、月逐字收拾。此句不与上连，而意则从上滚下。此诗如连环锁子骨，节节相生，绵绵不断，使读者眼光正射不得，斜射不得，无处寻其端绪。“春江花月夜”五个字，各各照顾有情。诗真艳诗，才真艳才也。

清·沈德潜《唐诗别裁集》：前半见人有变易，月明常在，江月不必待人，惟江流与月同无尽也。后半写思妇怅望之情，曲折三致。题中五字安放自然，犹是王杨卢骆之体。

清·管世铭《读雪山房唐诗钞》：卢照邻《长安古意》，骆宾王《帝京篇》，刘希夷《代悲白头翁》，张若虚《春江花月夜》，何尝非一时杰作，然奏十篇以上，得不厌而思去乎？非开、宝诸公，岂识七言中有如许境界？何大复未之思也。

清·范大士《历代诗发》：层层灵活，如剥焦心，全不觉字句牵合重复。

清·王闿运《湘绮楼说诗》：张若虚《春江花月夜》用《西洲》格调，孤篇横绝，竟为大家。李贺、商隐，挹其鲜润；宋词、元诗，尽其支流，宫体之巨澜也。

张若虚（约670—730），生活在初盛唐之交，往往被视为初唐诗人的代表。他在当时诗名不显，没有别集流传，只有两首诗见于全唐诗，一为春江花月夜，一为代答闺梦还。张若虚因春江花月夜在文学史留名，成为诗歌史上浓墨重彩的一笔，所谓『孤篇横绝，竟为大家』。

张姝钰

插画师。本硕就读于清华大学美术学院视觉传达设计系，获米兰理工双学位。曾进入博洛尼亚插画展最终名单，获 iJungle 国际插画比赛金奖、JIA 国际插画比赛银奖、3×3 国际插画大赛银奖、Hiii Illustration 国际插画大赛优秀作品奖、CIB9 全国插画双年展评委奖等。曾参与《读者》杂志封面设计、绘本创作、产品包装设计、游戏原画设计、影视剧海报设计等。

小红书：张姝钰 Shuyu

王飞镜

南开大学中国古代文学专业博士生，早稻田大学访问研究员。